동화속이야기

초판 1쇄 인쇄일 2016년 8월 31일
초판 1쇄 발행일 2016년 9월 8일

지은이 이승철
그 림 유현경
노 래 윤현민
펴낸이 양옥매
디자인 남다희
교 정 조준경

펴낸곳 도서출판 책과나무
출판등록 제2012-000376
주소 서울특별시 마포구 방울내로 79 이노빌딩 302호
대표전화 02.372.1537 팩스 02.372.1538
이메일 booknamu2007@naver.com
홈페이지 www.booknamu.com
ISBN 979-11-5776-249-1(08800)

이 도서의 국립중앙도서관 출판시도서목록(CIP)은 서지정보유통지원 시스템
홈페이지(http://seoji.nl.go.kr)와 국가자료공동목록시스템
(http://www.nl.go.kr/kolisnet)에서 이용하실 수 있습니다.
(CIP제어번호 : CIP2016021078)

동화속이야기

작사 작곡 글 이승철 ★ 그림 유현경 ★ 노래 윤현민

NABIDOSI

이름을 잊어버리는 순간, 꿈도 함께 사라져 버린다.
엄마, 아빠로 불리는 이들이 그렇고, 아이디로 불러지는 이들이 그렇다.

『동화속이야기』가 어렸을 적 꿈을 적어 발표하던 그때로
잠시나마 돌릴 수 있기를 바랍니다.

세상의 끝.
더는 갈 곳이 없었습니다.

검은 물결 위로 흐르는 얕은 조명.
그것은 마치 세상의 문턱을 넘어오라는
손짓 같아 보였습니다.

"바다에 들어가면 아주 많이 추울 거야."
"넌 누구니? 이런 밤중에..."
"아저씨가 헤엄치고 나오면 담요를 덮어 주려구."

소녀가 살며시 다가와 앉았습니다.
"아저씬 어흥산 호랑이 같아."
깊은 밤 소녀와의 만남은 그렇게 시작되었습니다.

오랜 시간을 우물 속의 달팽이처럼 살았습니다.

그것은 너무나도 힘든 삶이었습니다.

무의미한 날의 반복일 뿐.
더 이상 같은 하루를 버텨 낼 자신이 없었습니다.

우물 벽을 기어오르려 한 이유가 생각나지 않을 무렵,
그렇게 주저앉고 말았습니다.

"거미 아저씨는 포기하지 않아."
"그건 오래전 이야기일 뿐이야."
"그때의 마음이 사라져 버린 거야?"

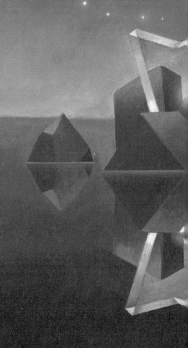

"아저씨는... 이제 많이 지쳤거든."

"그럼 달님을 만나러 가는 거야."
"달님?"

겁이 많았던 소녀에게
바깥세상은 두려운 곳이었습니다.

그런 소녀에게 용기를 준 건 달님이었습니다.

두려움을 쫓는 주문을 알려 줄게.
오늘 밤 여행을 시작하는 거야.

나에게 그랬던 것처럼

아저씨에게도 분명 큰 힘을 줄 거야.

"달님은 마법의 솜사탕 바다에 살고 있어."

마법의 솜사탕 바다.
그것은 생각하는 대로 이루어지는
신비함이 가득한 바다였습니다.

언젠가 사라져 버린 바다.
지금은 찾을 수 없는
다시 그곳에 갈 수만 있다면...

"아직 늦지 않았어. 다시 하늘을 봐."

그날 이후로 하늘을 바라보는 건 처음입니다.
그때의 작은 기억들이 떠오릅니다.
어린 시절 그때의...

'동그란 하늘에 닿으려 했었어.'

하늘이 정말 동그란지 알고 싶어 했었죠.
잊어버리고 있었던 꿈이었습니다.

마법의 솜사탕 바다를 건너온 달님이
아저씨의 기억을 떠올려 준 게 분명합니다.

소녀는 같은 하늘 아래 어디에선가
달님과 이야기를 나누고 있겠지요.

아무도 믿지 않는 동화 속의 이야기가 되어 버렸지만
저는 소녀의 목소리를 또렷이 기억합니다.

어흥산호랑이

옛날 어흥산에 털이 복슬복슬한 호랑이
이름만큼이나 많이 무시무시하지 않아
하지만 남들은 그걸 정말정말 알지 못해
기뻐 소리치면 놀래 멀리멀리 도망쳐요

너무나도 힘든 길을 그냥 가도 힘든 길을
꿀떡이 든 보따리를 머리에다 이고
이리저리 비틀 요리조리 비틀
무척이나 힘들어 보여

무늬만 호랑이지 난 사실 커다란 고양이란다 야옹
그러니 내 곁으로 와 다시 만져 봐 부드러운 털

밤이 되기 전에 산을 넘을 수는 없을 거야
혼자 가려하지 말고 나랑 같이 갈래
도와주고 싶어 덜어 주고 싶어
커다랗고 무거운 짐을

너에 보따리를 뺏진 않아
그저 작은 도움 되고 싶어
단지 친구 되길 바랄 뿐야
내가 이렇게도 원하잖아

남들은 내 맘 몰라도 한참 몰라요 날 알지 못해요
내 말을 들어 보려고 하지도 않고 사라져 버려요

너무나도 힘든 길을 그냥 가도 힘든 길을
꿀떡이 든 보따리를 머리에다 이고
도와주고 싶어 덜어 주고 싶어
커다랗고 무거운 짐을

무늬만 호랑이지 난 사실 커다란 고양이란다 야옹
그러니 내 곁으로 와 다시 만져 봐 부드러운 털
친구도 하나 없는 외톨이 어흥산 호랑이란다

우물속달팽이

힘든 시간의 기억이 나를 잡네
더는 갈 수 없는 걸
포기할 수 없는 걸

내 몸이 흐르는 밤을 넘어
언젠가 쉬었던 작은 언덕
같은 자리 같은 길을 지나
또다시 보게 될 스친 풍경

또다시 기어가는 길을
미끄러져 가 그 자리야

나의 매일의 날이 같아지네
다시 오는 내일도 같겠지

동그란 하늘에 닿는 길은
삼천육백사십 센티미터
하루 종일 오르고 오른 길
눈을 떠 보면 어제 그 자리

또다시 기어가는 길을
미끄러져 가 그 자리야

나의 매일의 날이 같아지네
다시 오는 내일도 같겠지

매일의 날이 같아지고
또다시 올 내일도 같겠지
같은 날 같은 곳 같은 시간 속의 하루들

거미와선인장

그 창을 열면 가느다란 너의
꿈이 사라져 가는 걸 보게 돼

그 오랫동안 많이 힘들었지
그런 모든 게 조각나 버리지

그걸 허락한 이 순간을
얼마나 후회를 할는지

다시 외로운 날들
많이 아파 올 시간

나는 아픔이라 생각하지 않아
꿈이 사라져 버릴지라도

살아 숨 쉬는 이 순간을
얼마나 감사해 하는지

다시 새로운 날들
많이 설레일 시간

생각해 보니 내게도 언젠가
부푼 꿈들과 용기가 있었지

하지만 이제 시들어져 가는
작은 상자 속의 초라한 모습뿐

작은새와달님

너는 나는 날개와 땅을 아주 힘껏 박차 줄
튼튼한 두 다리 있잖아

밤하늘 날개 달고 너를 찾기 위한 여행
떠나길 바랄게 오늘
설레임에 아주 길고 긴 밤이 될 거야

무서운 이야기는 동화 속의 일일 뿐야
주문을 외워 봐 지금
두려움은 하얀 눈이 되어 녹을 거야

은하수 저편 끝까지 날아오르게
나의 빛이 그곳까지 비춰 줄 거야
날개를 펴 하늘 높이 날아오르면
두근대는 너의 가슴 느껴질 거야

거대한 숲과 넓은 들판 높다란 산들이
장난감처럼 작아진
언젠가 꾸었던 꿈속 하늘을 날아 봐

세상을 향한 너의 작은 날개 짓은
아주 커다란 바람이 되고
마법 같은 일들이 펼쳐지게 될 거야

은하수 저 편 끝까지 날아오르게
나의 빛이 그곳까지 비춰 줄 거야
날개를 펴 하늘 높이 날아오르면
두근대는 너의 가슴 느껴질 거야

꿈꾸는고양이

깊은 밤을 날아가는 저 커다랗고 먹음직한 물고기
높다란 담벼락을 뛰어오르면 잡을 수 있을까
아니야 저기는 엄마도 매일 가는 곳이잖아
저 빨간 굴뚝 정도 돼야 잡을 수 있을 거야

나의 이런 이런 망설임
하늘 가득 하얗게 덮을 때
이 녀석 어디론가 사라져
놀래 자리에서 일어나
잽싸게 쫓아가려 할 때

엄마 부시시한 눈으로 나를 바라보고 있어
말하지 않아도 마음 알 것 같아
엄마 크리티컬 무서워 눈을 감고 기회 엿보는데
복실한 앞발이 목덜미에 느껴져

하늘 위 징검다리 하나둘 사뿐사뿐 건너다
커다란 솜사탕을 마주할 때면 여기 숨었을까
아니야 내가 본 물고긴 이것보다 큰 거야
저 양 떼 무리 정돈 돼야 숨을 수 있을 거야

나의 이런 이런 생각들
하늘 가득 까맣게 덮을 때
이 녀석 쏜살같이 지나가
놀래 자리에서 일어나
잽싸게 쫓아가려 할 때

엄마 부시시한 눈으로 나를 바라보고 있어
말하지 않아도 마음 알 것 같아
엄마 크리티컬 무서워 눈을 감고 기횔 엿보는데
복실한 앞발이 목덜미에 느껴져

언젠가 저 빨간 굴뚝 위로
날아가는 큰 물고기를
멋지게 뛰어 올라가서 잡을 거야
나는 꿈꾸는 고양이야

빙산과북극곰

북극곰아 날 좀 밀어줘
나는 이곳을 떠날 거야

하루 종일 멍 때리며 떠 있는
이런 삶 이제 지겨워

사진 같은 날 지나면
액자에 걸려 영원히

저 넓은 바다를 향해 나아가는
멋진 꿈을 매일 꾸곤 해

끝없이 펼쳐진 푸른 바다 위를
미끄러져 가는 멋진 꿈

태양빛에 넌 점점 작아지고
사라져 버릴 거야

아름다운 기억들과 추억들이
흔적도 없이

소중했던 날 모두가
영화가 되어 남겠지

작은 언덕 위에 올라 미끄럼틀 타던
이제 그런 날은 없겠지

까만 밤을 둘이 함께 지새우며
크레파스 쇼를 보던 그런 날

그후의이야기

내 작은 기억 속에 남아 있는 동화속이야기
오랜 시간이 지나 다시 꺼내 들었죠
그때의 친구들은 어디에서 무엇을 하는지
너무도 궁금하고 많이 보고 싶었죠

이미 이젠 믿지 않는 상상 속의 일들이지 그건
단지 나의 머릿속에 있는 누구도 볼 수 없는 그런 이야기들

나의 기억 속의 넌

동화의 마지막은 모두 바라는 대로 되고
주인공은 언제나 원하는 걸 이루죠
마지막 페이지를 이젠 덮을 수 있겠죠 난
저마다의 꿈을 이루었을 테니까요

오랜 시간 찾아 헤매 이야기의 끝을 알게 됐죠
동화 속의 이야기가 아닌 지금에 나와 같은 하늘 아래 있는

같은 시간 속의 넌 지금 어디에서 무엇을 하나

어흥산의 호랑이는 바라고 바라던 친구가 생겼죠
조금은 작아 보이지만
대화를 나누기엔 부족함이 없는 친구

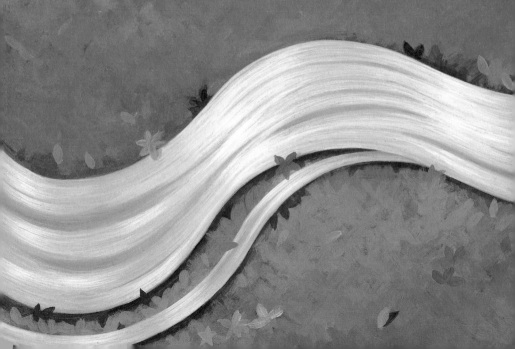

달팽이는 40여 일 만에 우물 밖으로 나와 세상을 봤죠
그 녀석은 비로소 하늘이 동그랗지 않다는 걸 알게 됐어

거미는 여러 번 집이 망가져도 포기하지 않았고
결국 원하고 원하던 아름다운 집을 갖게 되었지요

작은 새는 창살을 빠져나와 푸른 하늘 날게 되었고
달님은 그가 가는 길을 찬란하게 비춰 주었지요

어린 냥이 이것저것 잘 먹어 엄마만큼 크게 자랐고
굴뚝까진 아니지만 이제 담벼락은 우습게 다니지요

작은 빙산은 강렬한 햇살에 없어지기 전
보고 싶어 하던 세상 그 세상을 보게 됐죠

나의 기억 속의 널
이제 보내야 할 시간이 왔어

어느소녀에게

잃어버린 이름을 찾아
사랑스럽게 불렸었던

잃어버린 꿈들을 찾아
간절히 바라고 바랐던

소리를 크게 한번 질러 닫힌 문을 열고 바라봐
하늘을 높이 나는 새와 구름 위를 날아가
이름을 잊고 지냈었던 날들 모두 던져 버리고
꿈을 찾아 떠나 지금 다시 한번 시작해

어느 순간 불려지지 않았던 너의 이름
그건 자신을 가린 것뿐
꿈은 아직 사라진 게 아니야 그저 잠시
삶의 무게에 눌려 있어

다시 찾는 거야 잊혀진 너의 이름
다시 찾는 거야 잊혀진 너의 꿈들

이름을 찾아 이제 그만 닫힌 문을 열고 나와 봐
세상을 향해 뛰는 거야 있는 힘을 다해서
지나간 꿈은 사라진 게 아냐 조금 멀리 있을 뿐
힘을 다해 가면 다시 붙잡을 수 있다고

이름을 잊고 지내는 이들에게 『동화속이야기』를 바칩니다.

나비도시

고양이들이 모여 뭔가를 꾸미는 마을

www.nabidosi.com

도움

Management
서한별

Instrument
주영남

Recording
임동희

Mixing Mastering
김대현

Proofreading
조준경

Design
남다희

Publication
책나무과무

밤고양이 **이승철**

드럼 연주자, 작곡가, 작사가, 문학 작가
『동화속이야기』기획
예술가들의 놀이터 「나비도시」 결성

유현경

대학에서 시각디자인 전공
창작동화『똥이 필요해』,『내 친구 먼지벌레』,
창작동시집『우리집은 물물물』등
다수의 동화책 일러스트와 광고 일러스트 작업
현 프리랜스 일러스트레이터 겸 나비도시 아트디렉터로 활동
www.yooillust.com

윤현민

나비도시에서 노래
다수의 동요, 애니메이션 커버
패션, 영상 디자인 공부중